“bhuessjyes sometimes i don’t want to be happy. don’t hold it against me”

DIXIE D’AMELIO
@dixiedamelio

#FORYOU

Wat moeders denken dat gasten op bezoek gaan doen:
TikTok
the real housewives amsterd... Zoeken
Smokey Eyes
Zoek gerelateerde content Zoeken
Nour and Fatma
Water challenge #fyp
mitchell
Zoeken
Cleaning days
mevrouwtjebestekla
Zoeken
Deze vrouw leeft rent free in mijn hoofd:
Mevrouwtjebestekla
Ben ik de enige die haar de hele dag door op mijn #foryou krijg
origineel geluid - section_pull_up
Zoek gerelateerde content Zoeken
Zoek gerelateerde content Zoeken
ZiggyKrassenberg · 2022-12-24
Ik moest deze ook gewoon doen
#fyp #madeyoulook #viral #voo... meer
Made You Look - @Meghan Trainor
ziggy wordt ten huwelijk ge
HAPPY VALENTINE
ZiggyKrassenberg · 2-14
Nour and Fatma · 2022-9-23
Hennaday #fyp
Vertaling bekijken
origineel geluid - abiaax1
LaniManila · 1-23
Antwoorden op user7299932657949
Wat zouden jullie nog meer wille... meer
Ik Space - Hook - @Bilal Wahib

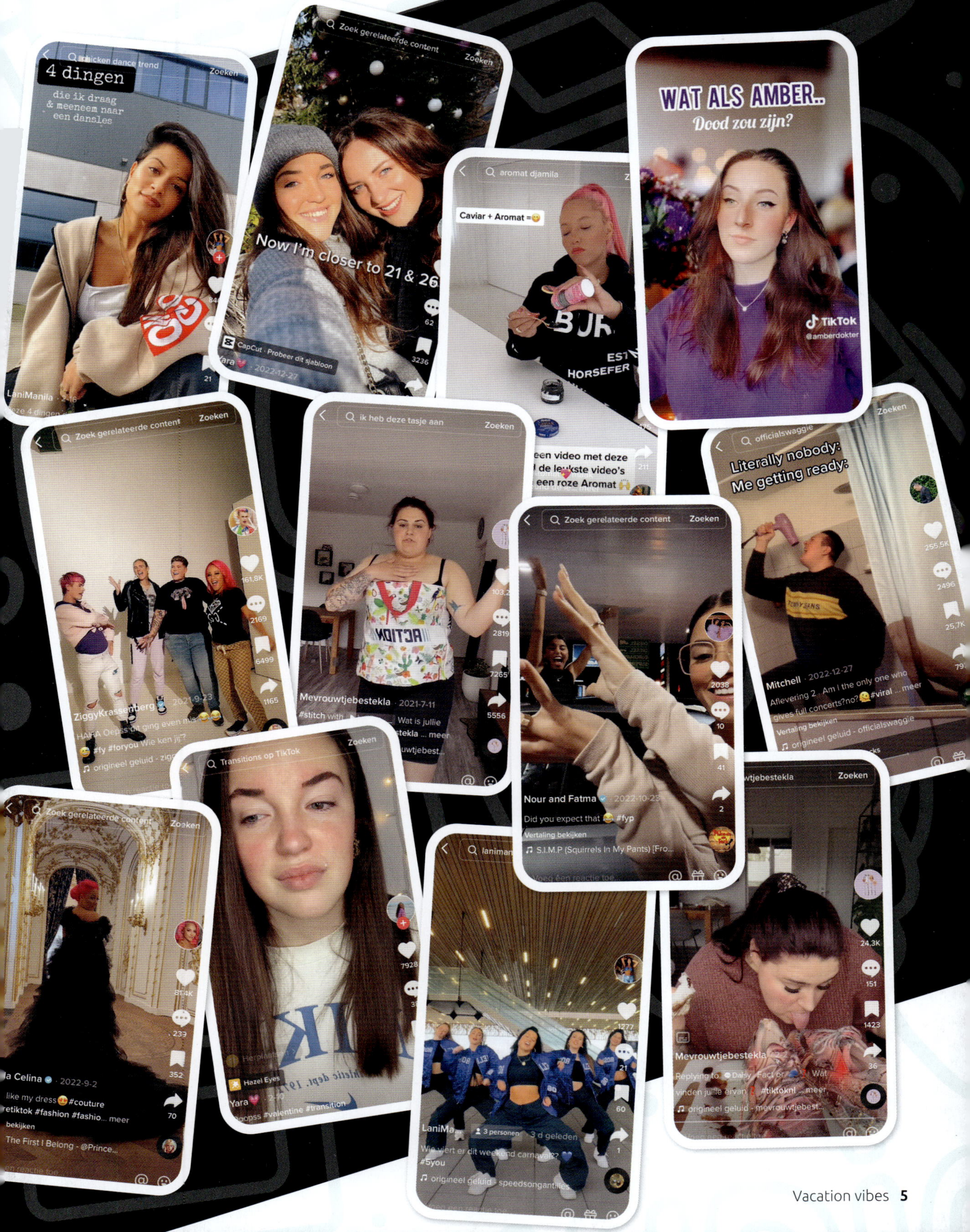
4 dingen
die ik draag & meeneem naar een dansles
Zoeken
LaniManila
Zoek gerelateerde content
Now I'm closer to 21 & 26
CapCut · Probeer dit sjabloon
Yara 2022-12-27
aromat djamila
Caviar + Aromat =
HORSEFER
een video met deze
de leukste video's
een roze Aromat
WAT ALS AMBER..
Dood zou zijn?
TikTok
@amberdokter
Zoek gerelateerde content
ZiggyKrassenberg · 2021-9-23
HAHA Oepss dit ging even mis
#fy #foryou Wie ken jij?
origineel geluid
ik heb deze tasje aan
Mevrouwtjebestekla · 2021-7-11
#stitch with
Wat is jullie
officialswaggie
Literally nobody:
Me getting ready:
Mitchell · 2022-12-27
Aflevering 2 . Am I the only one who gives full concerts?no? #viral ... meer
Vertaling bekijken
origineel geluid - officialswaggie
Zoek gerelateerde content
Nour and Fatma · 2022-10-23
Did you expect that #fyp
Vertaling bekijken
S.I.M.P (Squirrels In My Pants) [Fro...
Voeg een reactie toe...
Transitions op TikTok
Hazel Eyes
Yara
#valentine #transition
Zoek gerelateerde content
a Celina · 2022-9-2
like my dress #couture
etiktok #fashion #fashio... meer
bekijken
The First I Belong - @Prince...
laniman
LaniMa
3 personen
3 d geleden
Wie viert er dit weekend carnaval??
#5you
origineel geluid - speedsongantilles
Mevrouwtjebestekla
Replying to Daisy
vinden jullie ervan #tiktoknl ... meer
origineel geluid - mevrouwtjebest...

#FORYOU

vacation vibes

get to know...

Let's play

tips & trends

en meer!

FATMA
Yara

ALLES OVER TIKTOK & MORE...

2012
Moederbedrijf ByteDance wordt opgericht

2016
In China wordt de app Douyin gelanceerd

2017
De internationale variant van Douyin (TikTok) wordt gelanceerd

ByteDance koopt de app musical.ly

2018
TikTok en musical.ly gaan samen in één app

TikTok is de meest gedownloade app van Amerika

Elke dag #throwbackthursday

Met de app Unfiltered: Swap Photos krijg je elke dag een melding om een foto uit je galerij naar je vrienden te sturen. Gegarandeerd leuke tripjes down memory lane!

tok-tok-tok

Toen bekend werd dat **Musical.ly** TikTok ging heten, waren de reacties niet zo positief: "We zijn geen kippen!" zeiden de gebruikers boos.

de d van... tiktok

Het logo van TikTok is een letter D, omdat de app tijdens het ontwerpen nog Douyin heette. Het logo werd zo populair dat de D bleef, ook al heette de app TikTok.

NA-APER?

Sinds september 2022 krijg je met TikTok Now dagelijks een reminder om met een foto je meest échte momenten te delen. Net als... BeReal. Maar met TikTok Now kun je ook korte video's maken. Heel anders dus!

Dit is de populairste TikTok-sound van 2022.

EVEN DOUCHEN

Zitten de knoppen en teksten op de TikTok die je zit te kijken in de weg? Houd één vinger een paar seconden op het scherm en kies voor 'schone modus'.

déjà vu

Op YouTube Shorts kun je korte video's opnemen, delen en bingewatchen. Waarom komt dat je toch zo bekend voor...?

daar zit muziek in

Het liedje TikTok van Dopebwoy en Boef gaat niet over de app, maar over het dure horlogemerk **Rolex**.

#trumpdance

Dit geloof je toch niet? Julia zat al vijftien jaar op klassiek ballet, maar zelfs zij kreeg het dansje bijna niet onder de knie!

De Amerikaanse **Julia Keith** maakte een duet met een dansende ex-president Trump en ging viral. Iedereen wilde meedoen met de challenge en het dansje gaat de geschiedenisboeken in als de enige echte **Trump Dance**.

beestachtig

MrBeast heeft op TikTok **meer dan 75 miljoen volgers**, maar op YouTube doet hij het met meer dan **136 miljoen abonnees** nog beter! In november 2022 haalde hij PewDiePie in als populairste YouTuber van de wereld.

LORD KHABY

Nummer 1 TikTokker van de wereld

Khaby Lame was de tweede TikTokker met **100 miljoen volgers**. En de eerste TikTokker die Charli D'Amelio van haar troon schopte!

@AFCAJAX IS DE POPULAIRSTE NEDERLANDSE VOETBALCLUB OP TIKTOK

HUP HOLLAND!

Meer dan **38 miljoen volgers** op TikTok en 'gewoon' uit ons Overijssel: **@scottsreality**.

Wat een hondenbaan!

Volg deze cute hondjes op TikTok.

Woef!

@tuckerbudzyn

@dougthepug

@mayapolarbear

@huxleythepandapuppy

Wat doe je als...

...je naam al bezet is?

@name-is-in-use
@guess_who
@insert-name-here
@the-other-name-was-taken
@not-my-first-choice
@MrsStyles

Mevrouwtje Bestekla

"Vroeger zat ik op toneel, via TikTok kan ik dat nu uiten!"

Get to know me

IK HEET: Thecla Vermeulen
OP TIKTOK VIND JE ME ZO: @mevrouwtjebestekla
GEBOREN: 2 juni 1994
IK MAAK: Grappige en herkenbare TikToks
DIT IS MIJN PASSIE: Content maken

Op deze TikTok ben ik trots:

"Ik ben goed bevriend met TikTokkers Amber Dokter en Quincy Voorhout. Amber en ik gaan zelfs samenwonen!"

positief

"Ik vind het heel mooi om te zien als mensen elkaar echt helpen. Bijvoorbeeld als iemand niet durft over te steken en een voorbijganger dan gaat helpen. Of als iemand een oud vrouwtje helpt met haar zware boodschappen. Dat mag van mij wel vaker gebeuren."

scheren met pindakaas?

"In mijn reeks 'Thecla probeert' kwam ik erachter dat je benen met pindakaas scheren eigenlijk heel goed werkt. Na die TikTok heb ik het alleen nooit meer gedaan, terwijl mijn benen daarna heel glad waren. Dat verbaasde me toen echt!"

grootste angst

"Ik ben heel bang voor clowns en poppen. Als er een clown in mijn buurt komt, ben ik weg. Gek genoeg kijk ik wel graag horrorfilms. Ja, ook die waar clowns en poppen inzitten. Dan heb ik daarna wel drie weken nachtmerries, maar ik blijf er toch naar kijken!"

unieke kans dankzij tiktok

"Dankzij mijn TikTok-carrière werd ik gevraagd mee te doen aan de kerstspecial van het tv-programma 'De Alleskunner VIPS'. Met ieder spel werd ik fanatieker en we zijn als groep heel hecht geworden. Het was ontzettend gezellig, ook met de crew."

"Be the sunshine in someone's life"

grappigste persoon

"Nienke Plas!"

muziekinstrument

"Het lijkt me zo vet om piano te kunnen spelen."

taal?

"Spaans."

welke superkracht?

"Doorzichtig zijn. Dan zou ik mensen plagen door te doen alsof ik een geest was."

wat ik als kind wilde worden?

"Actrice natuurlijk!"

favo film

"Harry Potter."

slechte gewoontes

"Ik pluk aan mijn wimpers. En ik wil altijd gelijk hebben..."

keuzestress

Koffie of thee?
Hartig of zoet?
Vork, lepel of mes?
Engeland of Australië?
Zwembad of zee?
Rode biet of rode kool?
Baard of snor?
Grappig of slim?
Buikslaper, rugslaper of zijslaper?
Sneakers of sandalen?
Eend of meerkoet?
TikTok-prank of TikTok-sketch?
Zon of maan?
Zwart-wit of kleurrijk?
Melk of puur?

DOOR-DENKERTJES

1 Jij zit in de bus, 4 mensen stappen 1 voor 1 de bus in. Over 1 minuut is de bus bij de volgende halte. Hoe laat is de bus bij de volgende halte?

2 Hoe maak je deze som kloppend? Je mag maar één streepje zetten.

5+5+5=550

3 Drie huizen staan in de fik, een rood huis, een blauw huis en een geel huis. Welk huis blust de ambulance als eerst?

4 Wat is open als het dicht is, maar dicht als het open is?

5 Er zitten 5 TikTokkers in de kamer. Addison slaapt, Bella leest een boek, Charli schaakt en Loren maakt TikToks. Wat doet de 5e TikTokker?

6 Zet 6 kruisjes zonder 3 op een rij te krijgen.

7 Als ik het heb, deel ik het niet. Als ik het deel, dan heb ik het niet. Wat is het?

8 Schrijf koe met 13 letters.

....

9 Welke ezel heeft drie poten?

10 Wat heeft een hals maar geen hoofd?

11 Welk instrument werkt nooit mee?

#FOODTOK

Minitortilla's van @chefkeluc

INGREDIËNTEN:
- 8 minitortilla's
- 1 rode ui
- 1 bosui
- 3 tenen knoflook
- 300 g kipgehakt
- 2 el Tex Mex-kruiden
- 1 paprika
- 1 grote tomaat
- 250 ml passata
- 140 g mais in blik
- Bosje koriander
- 1 limoen
- Peper en zout
- Geraspte cheddar
- Olie

1. Verwarm de oven voor op 250°.

2. Snipper de ui en pers de knoflook. Snijd de tomaat en paprika in blokjes, snijd ook de bosui in ringetjes.

Kook je over?

Bestrijk de rand van de pan met een beetje olie en hij zal niet overkoken! (Een klontje boter aan het water toevoegen wanneer je de pan opzet, werkt ook.)

3. Fruit de ui en knoflook 2 minuutjes in wat olie op middelhoog vuur.

4. Voeg het kipgehakt met de Tex Mex-kruiden toe.

5. Als het kipgehakt gaar is, bak je de paprika en tomaat 2 minuten mee.

6. Voeg de passata, mais en koriander toe en verwarm op middelhoog vuur nog 5 minuten.

Huh?!

Voor mensen uit het buitenland is de Nederlandse keuken soms één groot vraagteken. De Peruviaanse Claudia Arroyo @ latina_in_thenetherlands deelt haar ervaringen op TikTok, zoals de eerste keer dat ze leerde hoe je een broodje kroket eet!

7. Verdeel het mengsel over de tortilla's, bestrooi ze met kaas en bak ze kort in de oven op hoge temperatuur (250°) tot de kaas gesmolten is en de tortilla's krokant zijn geworden.

8. Strooi de bosui over de tortilla's en knijp de limoen erover uit.

Bekijk hier de TikTok van @chefkeluc.

Om te janken zo handig

Zo snijd je handig en snel een ui in, net voor je begint te huilen. Snijd het bovenste 'plukje ui' eraf, maar laat het kontje eraan zitten. Deze houdt de ui bij elkaar tijdens het snijden. Hier vind je de hele tutorial van @chefkeluc.

9. Eet smakelijk!

TIKBORD

Let op: dit is geen gewoon bordspel! Kijk goed, want wat je gooit met de dobbelsteen, heeft een andere betekenis dan je denkt. En elke TikTokker heeft iets verrassends voor je in petto.

- ⚀ = 2 stappen VOORUIT
- ⚁ = RUIL van plek met degene die voor je staat
- ⚂ = 6 stappen VOORUIT
- ⚃ = KIES een tegenspeler die 4 stappen vooruit mag zetten
- ⚄ = RUIL van plek met degene die achter je staat
- ⚅ = 2 stappen VOORUIT

Mitchell

"Omarm wie je bent"

Get to know me

IK HEET: Mitchell
OP TIKTOK VIND JE ME ZO: @officialswaggie
GEBOREN: 16 oktober 1997
IK MAAK: Dansvideo's
DIT IS MIJN PASSIE: Zorg en dansen

"Ik zou wel willen kunnen vliegen, dan kan ik zonder moeite overal komen"

Op deze TikTok ben ik trots:

in de zorg

"Naast mijn TikTok-carrière, heb ik ook nog een baan in de zorg. Het mooiste aan dit werk is dat ik andere mensen kan helpen om toch nog een beter leven te krijgen. Als verzorgende verbeter ik eigenlijk het leven van een persoon."

verhuisd

"Niet veel mensen weten dit van mij, maar ik heb elf jaar in Spanje gewoond. Ik woonde daar van mijn 5e tot mijn 16e. Het was de droom van mijn ouders om naar Spanje te verhuizen, maar ik zou zelf voor altijd in Nederland willen blijven wonen."

dansjes

"Muziek maakt mij heel blij. Ik sta ermee op en ga ermee naar bed. Daarom maak ik op TikTok allerlei video's met leuke liedjes. Mijn favoriete genre is Latin, want dat maakt me vrolijk en je kunt er lekker op dansen."

catfish

"Ik heb ooit te maken gehad met iemand die zich voordeed als iemand anders. Daar heb ik van geleerd. Het is verstandig om zoveel mogelijk te videobellen en bewijs te zoeken. Je kunt ook vragen om een foto met een bepaald signaal zoals met vingers of je naam."

"Het lijkt me gaaf om vloeiend Chinees te kunnen spreken"

bad habit

"Alles op het laatste moment doen."

Instagram: @daddyyankee

favoriete artiest

"Daddy Yankee."

my biggest fear

"Hoogtes."

ik wil wel een dagje uit met...

"Lady Gaga."

grootste leugen

"Ik had op school altijd verband om mijn voet of arm zodat ik niet naar gym hoefde."

droombaan als kind

"Dolfijnentrainer."

keuzestress

Zingen of dansen?

Ontbijt of lunch?

Zelf knippen of naar de kapper?

Camping of hotel?

Pokémon of Avatar?

Pizza Hawaii of Pizza Pepperoni?

Cultuur of natuur?

Optimist of pessimist?

Tijd of geld?

Teleporteren of tijdreizen?

Baard of snor?

Emotie of logica?

Contant of pinnen?

Tradities of trends?

Auto of vliegtuig?

Let's play

WOORDZOEKER

Lukt het jou alle woorden te vinden? De letters die overblijven vormen een populaire vakantiebestemming:

....

M	O	D	E	T	U	C	L	N	E	M	M	E	W	Z	E	E	N	E	Z
R	E	T	L	I	F	T	O	L	V	J	U	E	L	IJ	T	S	E	T	O
L	B	E	R	E	N	E	O	U	S	A	G	N	A	L	P	S	S	A	M
E	S	O	P	F	E	L	I	I	U	V	O	K	B	T	P	I	T	L	E
E	I	R	E	S	I	I	V	T	K	A	O	E	E	M	R	T	O	A	R
U	R	E	I	S	Z	M	O	M	A	V	R	L	D	A	IJ	I	R	G	O
W	I	N	E	I	T	O	A	T	L	T	D	K	IJ	R	V	R	P	E	E
U	C	R	E	A	O	S	L	O	K	I	S	O	T	A	K	A	P	X	I
E	H	A	S	H	T	A	G	O	N	F	I	S	S	A	S	O	O	O	E
I	C	O	N	T	E	N	T	N	O	T	P	E	R	H	D	J	E	B	N
N	A	T	E	O	Z	O	E	N	T	O	O	L	O	E	P	A	N	L	E
I	L	W	A	D	K	L	M	A	U	U	P	F	R	E	P	M	I	E	P
P	Y	F	U	N	E	C	H	T	P	W	U	I	U	T	A	P	N	O	P
S	C	E	N	E	O	T	O	S	T	I	L	E	E	K	P	E	I	K	O
R	A	D	A	R	D	M	T	N	IJ	L	A	S	L	R	O	R	J	L	H
E	G	C	A	P	T	I	D	I	Y	E	I	T	A	A	M	A	C	A	S
K	E	T	S	E	B	O	E	K	O	I	R	I	N	B	V	A	T	Y	P
I	L	E	E	V	I	P	L	U	L	B	O	C	D	O	F	R	U	S	R
U	D	A	V	I	D	E	O	M	O	O	M	K	N	D	A	T	E	U	O
S	N	A	D	L	E	E	R	E	E	M	E	D	S	H	O	W	E	Z	D

AMPER
AVOND
BED
BEREN
BESTEK
BIT
BOEK
CAM
CAP
CONTENT
CREA
CUTE
DAL
DANS
DATE
DIT
DOEK
DOPE
DORP
DROOG
ECHT
ENKEL
ETALAGE
EURO
FILTER
FISSA
FUN
FYP
GELD
HASHTAG
HEET
IJS
INSTA
JAM
JAVA
KLM
KNOT
KOELBOX
KRAB
KUS
LACH
LAND
LAYS
LEEUW
LEF
LIMO
LIP
LIT
LUI
MAST
MEER
MIJ
MOBIEL
MODE
MOED
MOP
MOT
MUG
NIEUW
OMA
OSLO
PLANGA
PLU
POEN
POPULAIR
POSE
PUT
RADAR
RAM
REEL
REIS
RICH
RIT
ROEIEN
ROME
ROTSEN
SAP
SCENE
SELFIESTICK
SERIE
SHOPPEN
SHOW
SIK
SLIPPERS
SOK
STATIEF
STIJL
SUIKERSPIN
SURF
TAK
TIEN
TIP
TOE
TOON
TOUW
TRIP
VAT
VEEL
VID
VIOOL
VIP
VLOG
VLOT
VRIJ
WAD
YOLO
ZEE
ZIEN
ZOEN
ZOET
ZOMER
ZUS
ZWEMMEN

Yara

“Blijf jezelf, verander je persoonlijkheid niet, want je bent perfect zoals je bent”

Get to know me

IK HEET: Yara de Smedt
OP TIKTOK VIND JE ME ZO: @yaradesmedt
GEBOREN: 8 april 2002
IK MAAK: Dansvideo's en herkenbare video's
DIT IS MIJN PASSIE: Acteren en dansen

Op deze **TikTok** ben ik trots:

"Ik heb 'you can' als tatoeage. Mijn favoriete woordjes toen ik op de middelbare school werd gepest"

Vloglab
"Sinds mijn 16e speel ik de rol van Annelies in de serie Vloglab. Dat is nu dus alweer vier jaar. Ik vind het superleuk om daar samen met mijn vrienden aan te werken. We zijn een hechte groep geworden en nu gaan we ook nog eens afsluiten met een film. Echt top!"

Modedroom
"Vroeger wilde ik graag model worden. In 2020 kreeg ik de kans om mee te doen aan de verkiezing Miss Fashion. Superspannend! Vooral omdat ik de jongste deelnemer was. Maar dat hield me niet tegen, ik ben er echt voor gegaan en ben trots dat ik in de top 10 eindigde."

Feitje over mij
"Maar weinig mensen weten dat ik twee verschillende kleuren ogen heb. Dat is niet altijd goed zichtbaar, maar in de zomer of met een ringlight valt het ineens wel op."

Ideale eerste date
"Samen naar een entertainment center. Zo'n ruimte met minigames en waar je kunt karten of minigolfen. En dan álles doen!"

"Mijn eerste viral video is meer dan 20 miljoen keer bekeken, echt een droom die uitkwam"

ik ben bang voor...

"Insecten. En het donker."

ik wil wel een dagje uit met...

"Justin Bieber."

Instagram: @justinbieber

slechte gewoonte

"Ik snooze zeker 40 minuten."

Instagram: @karendamen

favo tv-programma van vroeger

"Ik was heel groot fan van *Hallo K3*."

welke superkracht?

"Onzichtbaar zijn. Dan kan ik stiekem afluisteren."

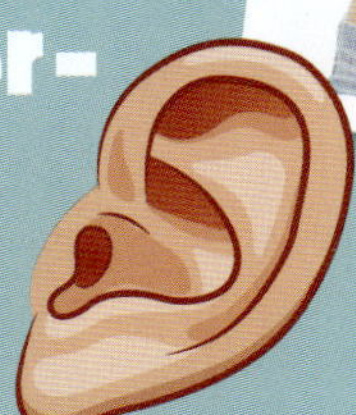

Instagram: @mrbeast

favo youtuber

"Mr. Beast."

keuzestress

Mayo, curry of ketchup?
Honden of katten?
Halloween of Carnaval?
IJsbeer of pinguïn?
Waterijs of roomijs?
Bellen of appen?
Blondie of brownie?
Tv of social media?
Acteren of jezelf zijn?
Haargel of haarspray?
Cultuur of natuur?
Antoon of Claude?
Mars of Snickers?
Zilver of goud?
Vrienden of familie?

MET DE HELE FAM OP TIKTOK!

Instagram: @marcel_latooy

DE LATOOYS

Toen Gio in 2012 YouTube veroverde, werd de hele familie Latooy bekend. Zo bekend dat het gezin in 2016 samen het YouTube-kanaal De Latooys lanceerde. Het hele gezin is sinds 2020 ook op TikTok te vinden: @gio, @melanielatooy en @louise.latooy.

Gio heeft een liedje gemaakt met Ronnie Flex. Kan die jongen dan alles? Check hier hoe hij 't heeft geflikt.

BROER & ZUS

Quinty Mirjam en **Dario de Vries**: next level knappe fam...

Toen en nu.

Instagram: @dario.devries

Samen sta je sterk: **Sherell Martini** krijgt vaak hulp van haar moeder. Kijk maar:

Instagram: @sherellmartini

Instagram: @lauraponticorvo

LAURA PONTICORVO

Kijk je Laura, dan kijk je naar haar hele (samengestelde) gezin: man Ryan (@langeair), bonuskids Luca (@lucagilliot), Ryas en Bowie en dochtertje Giulia. En in 2023 komt er nog een kindje bij!

NOUR & FATMA

De Vlaamse zusjes Nour en Fatma maken sinds 2016 samen TikToks. Inmiddels zijn ze echte sterren in het TikTok-universum. Het duo heeft ook nog eens een eigen kledinglijn én ze staan samen op festivals als dj's!

Instagram: @iliasvietto17

little BROTHER

ILIAS & AIMANE

Wie de TikToks van Ilias Vietto (@iliasvietto17) bekijkt, ziet regelmatig zijn broertje Aimane Charbon (@charbonnn) voorbijkomen. Waarom je ook naar zijn video's moet kijken? Ilias weet het wel: "Mijn broertje kan elk typetje nadoen. Vraag de gekste dingen en het lukt hem."

In het Jeugdjournaal zei Ilias dat hij het typetje 'het kleine neefje' van Aimane het leukst vindt.

Instagram: @heididamelio

FAMILIE D'AMELIO

It's all in the family: Charli begon, maar nu kun je het hele gezin op TikTok volgen: moeder Heidi, vader Marc en zusje Dixie. De D'Amelio's delen ook nog een gezamenlijk TikTok-account: The D'Amelio Family.

#

Charli won in 2022 de Amerikaanse danswedstrijd *Dancing with the Stars*! Kijk hier al haar optredens terug.

DIY speaker

Dit werkt echt! Met deze zelfgemaakte speaker zet jij op het strand of tijdens een zomerse picknick een lekker muziekje op dat iedereen kan horen.

WAT HEB JE NODIG?

Lege bus Pringles
Potlood
Stanleymesje
Washitapes, verf of decoratiepapier en plakband
Tapasprikkers of afbakklei

Stap 1:

Leg de chipsbus neer en houd je telefoon er in het midden boven. Trek met een potlood de omtrek van je telefoon over.
Let op: teken het iets ruimer af, maar niet te ruim. Het werkt het best als je telefoon er precies in klemt.

Stap 2:

Snijd de omtrek van je telefoon met het stanleymesje uit de bus.
No worries: als de randen wat rafelig worden, kun je dit in de volgende stap oplossen.

Stap 3:

Versier je speaker met de washitapes, verf of papier en plakband.

Stap 4:

Als je je speaker neerzet en je telefoon erin zet, blijft deze waarschijnlijk niet goed staan. Plak daarom een paar tapasprikkers schuin aan de achterkant van de speaker.
Ook leuk: je kunt met afbakklei een paar sierlijke pootjes kleien. Als ze afgekoeld zijn, plak je ze met lijm vast.

ben jij in een tiktok-hokje te plaatsen?

De een krijgt geen genoeg van sketches, de ander leert elke dag wat bij met tutorials en van weer een ander staat de for you-page vol met lipsyncs. Hoe zit dat bij jou?

1. JE MOET KIEZEN: NAAR WELKE TIKTOKKER KIJK JE HET LIEFST?

- Lilly van Brooklyn
- Vincent Vianen
- Noah @jetweedevader
- Soraya Riem @sorayariem.psd

2. WAT EET JE VANAVOND HET LIEFST?

- Dat ene gerecht waar je de laatste tijd zoveel over hebt gelezen
- Iets lichts, want je moet nog sporten
- Groenten, want die zijn goed voor je huid
- Weet ik nog niet, ik laat me nog inspireren

3. WELK BOEK ZOU JE KIEZEN?

Dit boek!

De Jongen, de Mol, de Vos en het Paard

Sjakie en de Chocoladefabriek

Rapunzel

4. WELK MUZIEKGENRE IS JOUW FAVORIET?

R&B

Jazz

Pop

EDM

5. VOOR WELKE HAARSTIJL GA JIJ?

Gewoon los, ik besteed er niet meer dan 2 minuten aan

Een simpele staart

Losse krullen die ik hittevrij in m'n haar heb gezet

Een messy bun die goed blijft zitten

6. WAT KIJK JIJ GRAAG OP TV?

Geen idee, want ik kijk geen tv

Gabby Duran, De Alien Babysitter

Tara Duncan

De Casagrandes

7. WAT DOE JE HET LIEFST OP EEN ZOMERSE DAG?

Zwemmen

Een (strip)boek lezen in de tuin

Barbecueën

In het zonnetje werken aan mijn tan

8. WAAR BEN JIJ HET MEEST OP JE GEMAK?

In een knus zithoekje

Aan tafel

In de kappersstoel

In de sporthal

9. WELKE SOKKEN PASSEN BIJ JOU?

10. KIES EEN DRANKJE

- Water
- Thee
- Boba
- Smoothie

11. JE VERVEELT JE, WAT GA JE DOEN?

- Je kast in om alles opnieuw door te passen voor nieuwe combinaties
- Die speciale bananencake bakken die steeds op je socials voorbijkomt
- Je twijfelt nog tussen lezen of een film kijken
- Oefenen tot je dat ene moeilijke danspasje onder de knie hebt

MEESTE ROZE?

Hoor jij goede muziek, dan is stil blijven zitten voor jou onmogelijk. Dansen is jouw passie! Je wil het doen, je wil het zien, je wil het, je wil het, je wil het. Dus jij kent trendy TikTok-dansjes als eerste van je klas en je doet inspiratie op uit DansTok.

MEESTE BLAUW?

Hé, jij daar! Kom eens met je neus uit dat boek. Als jij niet op TikTok zit, dan zit je met een boek op schoot. Dat betekent automatisch dat je een fantasie hebt waar je 'u' tegen zegt. En dat TikTok jouw for you-page vol laat stromen met BookToks.

MMMEESTE GEEL?

Zoet of hartig, ontbijt, lunch of diner; jij bent er maar druk mee. Eten is voor jou niet alleen noodzakelijk, het vrolijkt je altijd op! Jij struint FoodTok af op zoek naar een nieuw recept om uit te proberen. Dat vindt jouw familie vast niet erg.

MEESTE GROEN?

Dat jij graag BeautyToks kijkt, is aan je te zien! Jouw for you-page staat vol video's van mooie mensen. Maar belangrijker vind jij al die tips om jouw haar gezonder te maken, je huid te laten stralen en de glamour van je af te laten schitteren.

#beauty

zonnebril hack

Voorkom dat je de pootjes van je zonnebril in je make-up ziet. Doe een beetje poeder aan de binnenkant waar je bril je neus raakt en... that's it! Probleem opgelost.

claw clips

Er zijn drie redenen waarom je elastiekjes moet vervangen door een clip.

1. Je haar raakt er minder beschadigd van.
2. Je haalt er binnen een paar seconden je haar mee uit je gezicht.
3. Er zijn heel veel verschillende soorten om matchy-matchy te gaan met je outfit.

strakke wing

Na de cat eyes en smokey eyes is de nieuwste trend de siren eyes. TikTokker Alicia Breuer laat zien hoe je dit doet.

Kylie Jenner met de #sireneyes

wide leg jeans

Zijn je broekspijpen te lang? Daar is een oplossing voor! Het enige wat je nodig hebt, is een elastiekje.

geleerd op tiktok

Wist je dat je haarborstels regelmatig moet schoonmaken? Zo doe je dat volgens TikTok:

1. Haal haren en pluisjes uit de borstel.
2. Vul de wasbak met warm water en shampoo.
3. Laat de borstel even weken.
4. Schrob het laatste vuil weg met een tandenborstel (of je vingers).

En je borstel is weer zo goed als nieuw!

Foto's: Instagram: @milliebobbybrown, @makeupbyariel, TikTok: @quintymirjam, @bobrownn, @parmidarobateau

Djamila Celina

"Het boeit me niet, het boeit me niet, het boeit me niet. Het boeit me niet en het boeit me nog een keer niet. Dus wat doet het? Het boeit me allemaal niet"

Get to know me

IK HEET: Djamila Celina
OP TIKTOK VIND JE ME ZO: @djamilacelina
GEBOREN: [redacted]
IK MAAK: Dans-, fashion- en grappige video's
DIT IS MIJN PASSIE: Hondjes en mode

"Als ik een superkracht had, dan zou ik ervoor zorgen dat iedereen gelijk werd. Er hoort geen armoede te zijn"

Op deze **TikTok** ben ik trots:

Aromat

"Aromat is mijn ding. Al heb ik het een keer op kaviaar geprobeerd en dat was geen succes. Zout op zout is geen goede combinatie. Het lekkerst vind ik Aromat met pasta, of met ei. Ik zag mensen Aromat in hun muesli doen, maar dat gaat me echt te ver! Dus eigenlijk ben ik heel braaf met Aromat."

haters

"Ik werd bekend op TikTok toen ik haatcomments ging beantwoorden. Als iemand zei: 'Je bent echt een snol', maakte ik daar een filmpje over. Dan zei ik iets als: 'Nou, ga dat maar eens tegen je moeder zeggen'. Ik vind dat je voor jezelf moet opkomen. Daar gaat mijn TikTok-account ook over: haters aanpakken."

reality-tv

"Ik deed mee aan de televisieprogramma's *The Real Housewives of Amsterdam*, *Steenrijk, Straatarm* en *Queens of the Jungle*. Ik vond Housewives absoluut het leukst. Ik denk omdat ik stiekem toch wel van een beetje drama hou. Ja, ik hou wel van een beetje jus op het leven."

coolste dj-plek

"China is de coolste plek waar ik als DJ mocht staan. Honderd procent! Nee, duizend procent! Ik vind Azië echt cool. Ze waarderen daar de DJ nog steeds. In China staan ze je nog op te wachten met borden met je hoofd erop."

“Vroeger wilde ik prinses worden. Heel cliché”

keuzestress

Geen wenkbrauwen of je bovenlip onder en onderlip boven?

Warm of koud?

Ketting of oorbellen?

Draadloze oortjes of oortjes met kabel?

Strand of bergen?

Restaurant of afhaal?

Aanvallen of verdedigen?

Zwemmen of zonnen?

Patat of friet?

Gras of tegels?

Setting spray of setting powder?

Museum of pretpark?

Nieuw of tweedehands?

Nooit meer Aromat of nooit meer Beyoncé’s muziek luisteren?

Afwassen of afdrogen?

ik ben bang voor...

“Reptielen!”

ideale date

“Sushi eten en naar de bios.”

slechte gewoonte

“Overal te veel zout op strooien...”

geheime crush

“Lewis Hamilton.”

Instagram: @lewishamilton

welke taal?

“Chinees, Mandarijn, is echt zo’n coole taal!”

Instagram: @afrojack

welke dj?

“Afrojack, of Afrosnack...”

#giftwrapping

cadeau met vakjes

Deze viral manier van vouwen heet de 'Dubbele Kimono'. Het lijkt wat ingewikkeld, maar stiekem valt dat best mee! De vakjes die uiteindelijk ontstaan kun je gebruiken als decoratie, of je steekt er gewoon een kaartje in.

op sjiek!

Wil je een chic cadeau inpakken? Easy: pak maar even een fotolijst, stuk stof en doorzichtig cellofaanfolie. En bekijk deze TikTok.

hoe pak je dit ooit in?!

Een knuffel, een bal of een spaarpot in de vorm van Pikachu; hoe pak je dat in vredesnaam in? Zonder er een rommeltje van te maken...

ALS EEN SNOEPJE!
Dat doe je zo:

Lifehack: inpakken zonder plakband of lijm

@problemsolved laat zien hoe je het doet:

zo maak je de perfecte strik

IN EEN ZELF GEMAAKT CADEAUTASJE
Kijk maar eens hoe @effectivespaces het aanpakt:

NOUR

"You can literally do whatever you want"

Get to know me

IK HEET: Nour
OP TIKTOK VIND JE ME ZO: @nourandfatma
GEBOREN: 29 april 2001
IK MAAK: Trends, challenges, fashion, make-up en lifestylevideo's
DIT IS MIJN PASSIE: Fashion

"Mijn gouden make-uptip: primer aanbrengen voordat je mascara gebruikt"

Op deze **TikTok** ben ik trots:

twinning is winning

"Het is heel leuk en easy om samen met mijn zus te werken. We zijn heel anders, maar kunnen goed met elkaar opschieten. Fatma is perfectionistisch en wat harder en ik ben juist nonchalant en softer."

carrière

"Het is heel gaaf om van je hobby je beroep te kunnen maken. Fatma en ik zijn al negen jaar bezig, dus we hebben nu echt een eigen community van mensen die met ons zijn opgegroeid. We praten ook vaak met ze via de comments of een live."

Modellenleven

"Mijn grootste droom is om model te zijn. En dan vooral voor de grote merken. Daar zou ik wel reclames voor willen doen. Het liefst voor Gucci, Dolce & Gabbana, Valentino, Dior en Nike."

sporten

"Ik heb ook de droom om een eigen sportschool te starten. Maar dan wel echt zo'n luxueuze fitness met alles erop en eraan!"

“Ik zou wel graag piano willen kunnen spelen, of kunnen drummen!”

ideale eerste date

“Uit eten gaan.”

ik zou wel een dagje op stap willen met...

“Kylie Jenner.”

kledingstijl

“Ik draag bijna alleen maar donkere kleuren, behalve in de zomer natuurlijk!”

favoriete zomer-activiteit

“Iets drinken met vrienden, barbecueën en zwemmen.”

inspirerend

“Charli D’Amelio.”

deze superpower wil ik wel

“Gedachten kunnen lezen. Ik wil gewoon graag weten wat iemand denkt.”

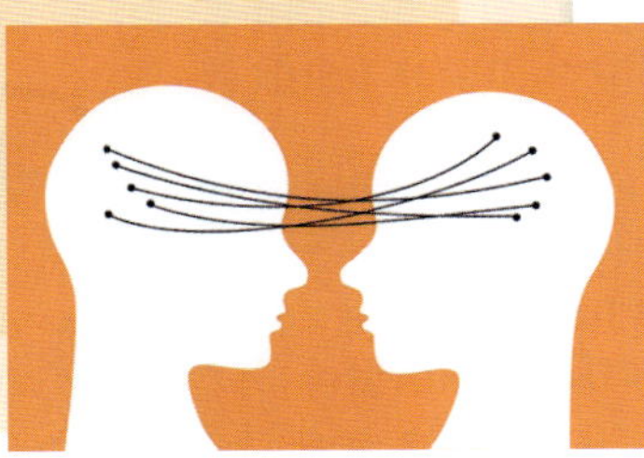

keuzestress

Nachtlampje of duisternis?
Donut met glazuur of met suiker?
Modern of antiek?
Charli D’Amelio of Addison Rae? “Ik kan echt niet kiezen!”
Online shoppen of echte winkels?
Fotograaf of model zijn?
Martin Garrix of Armin van Buuren?
Vlees of vis?
Praten of luisteren?
Rugzak of koffer?
Langpootspin of kruisspin?
Zendaya of Tom Holland?
Gekookt of gebakken eitje?
Zwemmen of zonnen?
Patat of friet?

time to make summer plans

here comes the sun

Het is weer zomer. En dat betekent... vakantie! Maar naar welke bestemming kun je het beste gaan? En hoe overleef je de hitte?

Lekkerste lokale gerecht

Mitchell: "Nergens zijn Mexicaanse taco's zo goed als in Mexico!"
Fatma: "Heel veel Tunesische gerechten."
Djamila: "Spaanse gehaktballetjes in tomatensaus."
Thecla: "O nee, ik weet niet hoe het heet. Ik weet alleen nog dat het een heel simpele lokale soep in Tanzania was. En dat het echt goddelijk was!"
Yara: "Patatas Bravas. Ik ben daar echt een supergrote fan van. Supersimpel, maar heel lekker."
Ziggy: "Tutu met kip en rijst in Curaçao!"
Amber: "Ik kan niet kiezen! In Spanje at ik de lekkerste paella ooit en in Egypte een baklava-achtig toetje."

Let op:

check je agenda, want op Tenerife is dinsdag de 13e een pechdag, dus niet vrijdag de 13e.

Weetje

Mauritius is bekend als de plek waar de dodo leefde. Tot hij in 1681 helaas uitstierf.

Spotten!

In Seychellen woont Esmeralde (let niet op de naam, hij is een mannetje), de zwaarste landschildpad van de wereld.

ideale zomervakantie

Amber: "Een mix van ontspanning en activiteiten. Ik ben niet van alleen maar luieren, maar ook niet van te sportief."

Nour: "Veel op pad en lekker uit eten gaan."

Lani: "Veel zon, lekker tannen bij het zwembad en op het strand. En leuke feestjes met vrienden en vriendinnen in de avond als de zon ondergaat. Als de zon schijnt, voel ik wel altijd een druk om video's op te nemen. Maar als het echt te heet is, ben ik alweer snel klaar, want je krijgt er zo'n glimhoofd van."

Thecla: "Op de bonnefooi met m'n rugzak weggaan. Niet wetend wat de volgende dag gaat brengen. Gewoon lekker kijken wat je gaat doen, dus vooral geen dingen plannen."

Djamila: "Niet op vakantie gaan. Ik ga nooit in de schoolvakanties, maar juist daarna. En dan ga ik lekker naar warme landen, want ik vind de kou niet leuk. En daar dan heel veel eten, heel veel zonnen en heel veel cultuur opsnuiven."

Winter

Ook handig om in je agenda rekening mee te houden: omdat Zuid-Afrika op het zuidelijk halfrond ligt, is het daar winter als het hier zomer is.

#1 op bucketlist?

Lani: Mexico
Fatma: Seychellen
Ziggy: Amerika
Thecla: Noorwegen
Amber: Japan
Mitchell: Cuba
Djamila: Hawaï

Weetje

Oei! In Australië komen 10 van de 15 meest dodelijke slangen voor.

In Dubai...

...staat het hoogste gebouw ter wereld
...vind je het enige 7-sterren hotel
...is het nooit kouder dan 25 graden

Lievelingswaterspelletjes

Djamila: "Met waterpistooltjes schieten."
Thecla: "Waterskiën of surfen."
Lani: "Waterfietsen! Of op de trampoline met de sproeiers aan."
Ziggy: "Duiken. Of van heel veel waterglijbanen af gaan!"
Amber: "Staafjes opduiken van de bodem van het zwembad. Degene die de meeste punten pakt, wint."

Tips

1. Hou een reisdagboek bij. Nu misschien een gedoe, maar later is het zo leuk om terug te lezen!
2. Verzamel spulletjes tijdens je vakantie en maak thuis een herinneringendoos.
3. Leuk om te doen op vakantie én een leuke herinnering voor later: opdrachten doen uit het boek Wreck this journal. Of deze. Is stiekem veel leuker!

Verste reis ooit

Leukste vakantieherinnering

Fatma: "De reis met Nour naar Turkije twee jaar geleden was de allerleukste tot nu toe. We maakten een boottocht en gingen op een jetski."

Amber: "Alle vakanties van vroeger. Mijn ouders maakten toen veel filmpjes. Op eentje gleed mijn zusje uit over een fles zonnebrandcrème. En er is nog een video waarin ík dan weer in Spanje heel hard van een springkussen val."

Djamila: "Vakantieherinnering? Hahaha. Ik ben altijd heel saai op vakantie: ik lig en ik eet. O nee, ik heb een keer olifanten gezien. En ik ben wezen walvisspotten! Ik heb alleen geen walvis gezien. Wel dolfijntjes. Onderweg bij de boot van Mallorca naar Ibiza. Ze hebben ons de hele tocht gevolgd. Dat was heel cool."

Thecla: "In Indonesië had ik op mijn verjaardag echt een rotdag gehad, omdat alles misliep. 's Avonds speelde een man die een beetje Nederlands kon 'Lang zal ze leven' op zijn ukelele. Zijn Indonesische accent was vet schattig. Hij maakte mijn hele dag weer goed."

MUST FOLLOW: WERELDWIJD

To follow or not to follow? Check eens of je deze buitenlandse TikTokkers wil volgen.

Instagram: @keith_lee125

@keith_lee125

Amber Dokter: "Hij maakt op een heel eerlijke manier food reviews."

Instagram: @granddadfrankk

@granddadfrank

'Granfluencer' Frank gooit de heupjes nog lekker los op iedere danstrend. Ook maakt hij grappige TikToks met zijn kleindochter Kiera. Echt waar, op geen enkele TikTok betrap je Frank op een boze blik. Van zo'n opa word je toch vrolijk?

Instagram: @enola.bedard

@enola.bedard

Lani Manila: "Ik heb haar vanaf het begin gevolgd en nu is ze heel groot. Ze danst zo goed dat ik weleens dansvideo's van haar pak!"

@mackenzieziegler

Fatma: “Zij is gewoon zo leuk!”

@jakepaul

Djamila Celina: “Gewoon omdat Jake Paul zo cool is.”

@billieeilish

Billie Eilish is iconic. Ook op TikTok. Zittend op het toilet, etend of zingend. Al haar video’s hebben miljoenen likes en views.

@jamescharles

Mitchell: “Hij geeft supergoede make-up tips en tipt hoe je je huid moet verzorgen.”

@addisonre

Nour: “Net als Charli, moet je haar ook echt volgen!”

@_itsnate

Thecla: "Ik ben een beetje verliefd op die gast."

Instagram: @nathan_fri

Instagram:@arianagrande

@arianagrande

Als je obsessed bent met Ariana en beauty, dan is haar TikTok echt iets voor jou! Haar pagina staat vol behind-the-scenes beelden en nieuwe producten van haar eigen merk r.e.m. beauty.

@charlidamelio

Instagram: @charlidamelio

Yara: "Ze is een heel positief meisje. Dat vind ik zo leuk aan haar."

@cherylporterdiva

Ziggy: "Haar account is perfect voor iedereen die zingt."

Instagram: @cherylporterdiva

@haileybieber

Wie kent haar niet? Model, eigenaar van skincaremerk Rhode en getrouwd met Justin Bieber. Op TikTok laat Hailey graag haar outfits en make-up zien en ze teaset ook regelmatig haar YouTubevideo's.'

Instagram: @haileybieber

Instagram: @buzzfeedtasty

@tasty

"Ze delen allerlei foodhacks en heel veel recepten. En het ziet er altijd zo lekker uit!"

fatma

"Just being you really is the flex"

Get to know me

IK HEET: Fatma

OP TIKTOK VIND JE ME ZO: @nourandfatma

GEBOREN: 20 juli 2002

IK MAAK: Trends, challenges, fashion, make-up en lifestylevideo's

DIT IS MIJN PASSIE: Muziek en 'draaien'

Op deze **TikTok** ben ik trots:

"Je kunt mij altijd opvrolijken met ijskoffie"

beroemd

"Een tijdje geleden zag ik ineens dat de vader van Charli D'Amelio ons volgt op Instagram. En dat Addison Rae ons op TikTok volgt. Er stond opeens 'friends' bij haar naam en de optie om te chatten. Ik kon m'n ogen niet geloven, want zij is een van de grootste TikTokkers!"

hoe het begon

"Nour en ik hadden eerst allebei een apart account. Toen we zagen dat Lisa en Lena, de tweeling uit Duitsland, samen op één account zaten, besloten wij ook samen te gaan. We zijn van plan dit te blijven doen tot we het niet meer leuk vinden."

kledinglijn

"Samen met het merk JBC hebben we een eigen kledinglijn ontworpen. Dat is echt keicool! Het was onze meisjesdroom en nu hebben we gewoon al vijf collecties. Het zijn afwisselende stijlen, gebaseerd op de seizoenen. En onze nieuwste collectie is heel hip."

droombaan

"Ik wilde vanaf mijn veertiende al DJ worden. Het is mijn droom om internationaal door te breken. Maar ik heb al op toffe podia mogen staan zoals bij Ostend Beach Festival en Fire is Gold Festival. Verder probeer ik elk weekend in een club te draaien."

Get to know me

IK HEET: Fatma
OP TIKTOK VIND JE ME ZO: @nourandfatma
GEBOREN: 20 juli 2002
IK MAAK: Trends, challenges, fashion, make-up en lifestylevideo's
DIT IS MIJN PASSIE: Muziek en 'draaien'

Op deze **TikTok** ben ik trots:

"Je kunt mij altijd opvrolijken met ijskoffie"

beroemd

"Een tijdje geleden zag ik ineens dat de vader van Charli D'Amelio ons volgt op Instagram. En dat Addison Rae ons op TikTok volgt. Er stond opeens 'friends' bij haar naam en de optie om te chatten. Ik kon m'n ogen niet geloven, want zij is een van de grootste TikTokkers!"

hoe het begon

"Nour en ik hadden eerst allebei een apart account. Toen we zagen dat Lisa en Lena, de tweeling uit Duitsland, samen op één account zaten, besloten wij ook samen te gaan. We zijn van plan dit te blijven doen tot we het niet meer leuk vinden."

kledinglijn

"Samen met het merk JBC hebben we een eigen kledinglijn ontworpen. Dat is echt keicool! Het was onze meisjesdroom en nu hebben we gewoon al vijf collecties. Het zijn afwisselende stijlen, gebaseerd op de seizoenen. En onze nieuwste collectie is heel hip."

droombaan

"Ik wilde vanaf mijn veertiende al DJ worden. Het is mijn droom om internationaal door te breken. Maar ik heb al op toffe podia mogen staan zoals bij Ostend Beach Festival en Fire is Gold Festival. Verder probeer ik elk weekend in een club te draaien."

OLDSCHOOL GAMEN

Verbind de TikTokkers aan hun favoriete zomer-emoji!

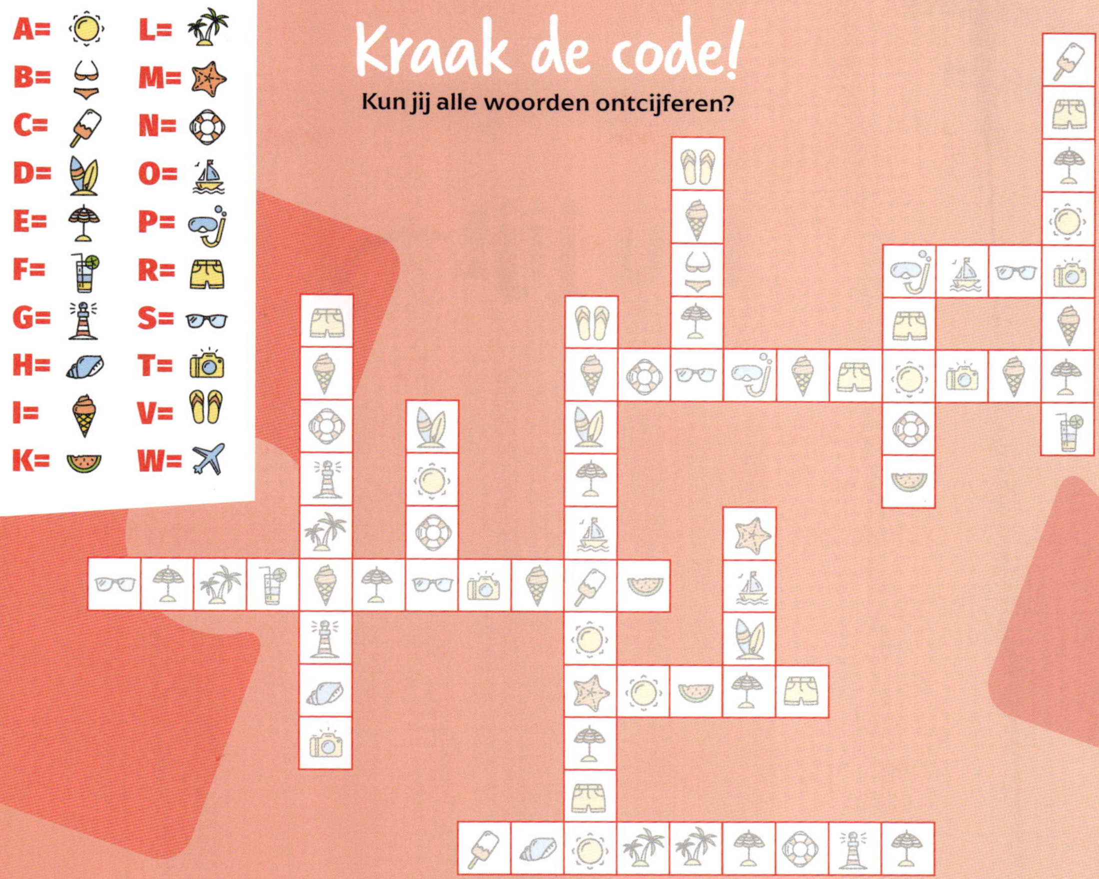

Kraak de code!

Kun jij alle woorden ontcijferen?

Hoeveel blokken?

Sudoku

Elk plaatje mag maar 1 keer voorkomen in elke kolom (van boven naar beneden), rij (van links naar rechts) en elk vakje van vier.

Let's play

#KUNSTENAAR

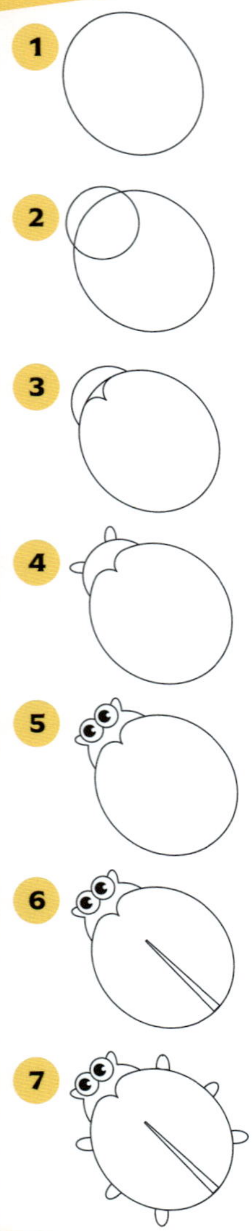

Nu jij!

Lani Manila

“Geloof in jezelf, volg je dromen, en laat niemand je vertellen dat je het niet kan”

Get to know me

IK HEET: Lani Manila
OP TIKTOK VIND JE ME ZO: @lanimanila
GEBOREN: 25 april 1995
IK MAAK: Dans- en fashionvideo's
DIT IS MIJN PASSIE: Dansen en zingen

Op deze TikTok ben ik trots:

"Ik zie haatcomments als een compliment: iemand neemt de tijd om te reageren!"

Latin Music

"Ik heb Spaans altijd al een mooie taal gevonden en ik ben ook voor een deel Spaans. Die taal past beter bij mij, en ook bij mijn dansstijl: een beetje spicy. Door muziek kun je verschillende kanten van jezelf laten zien, dat vind ik zo leuk!"

Dans & Muziek

"Toen ik heel jong was, keek ik al de hele tijd naar videoclips op televisie. Op mijn 5e ging ik op dansles en op mijn 16e startte ik mijn dansopleiding. Ik vond muziek altijd leuk, maar richtte me eerst vooral op dansen. In 2019 nam ik met mijn beste vriend Lody voor het eerst een nummer op in de studio. In het begin meer voor de lol, maar ik voelde al snel dat ik meer met muziek wilde doen."

Multiculti

"Ik heb een combinatie van Hollands, Filipijns en Spaans in me. Wat ik van mijn moeder heb, is volgens mij typisch Filipijns: zorgzaamheid en lekker koken. Mijn Spaanse kant heb ik ook van haar: pittig en temperamentvol. Mijn vader is Nederlands en juist heel nuchter."

Pero, no hablo español...

"Mijn muziek is Spaans en ik heb Spaans bloed, maar ik spréék geen Spaans. Ik wil het wel heel graag kunnen en ik oefen al met de app Duolingo. Voor mijn muziek heb ik een goede liedjesschrijver en ik oefen de tekst heel vaak voordat we gaan opnemen. Ze zeggen wel dat ik een mooi Colombiaans accent heb, dus het gaat me goed af!"

"Ik kan heel slecht liegen, dat zie je echt gelijk aan me"

Muzikale inspiratie

"De Britney Spears van vroeger!"

Welk muziekinstrument?

"Een gitaar voor bij een kampvuur."

Slechte gewoonte

"Ik ben erg rommelig."

Favo jeugdfilms

"Alle Barbie-films!"

Welke superkracht?

"Vliegen."

De ideale eerste date

"Picknicken! En dan allebei je favoriete snacks en drankjes meenemen."

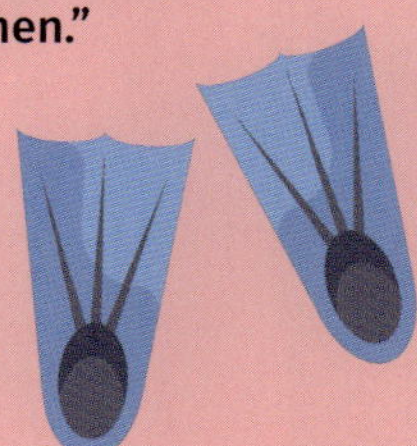

Angst

"Midden op zee zwemmen."

Keuzestress

Koning Willem-Alexander of koningin Maximá?

Muziek maken of dansen?

Sokken of blote voeten?

Niezen of hoesten?

Aardbei of meloen?

Trein of bus?

Pizza of pasta?

Zilver of goud?

Zomer of winter?

Lippenstift of nagellak?

Weerwolven of vampieren?

Spa Blauw of Spa Rood?

Stad of dorp?

Douche of bad?

Beyoncé of Taylor Swift?

"Dat is toch waar ik me het meest comfortabel bij voel."

DOE DE QUIZ

MADE BY TIKTOKKERS

Weet jij alles over TikTok(kers), viral momenten en heb je een boel random feitjes paraat? Dan ga jij deze quiz helemaal nailen!

1. HOE HEETTE TIKTOK VROEGER?

A. ByteDance
B. Musical.ly
C. Vine
D. Byte

2. IN WELK LAND IS TIKTOK OPGERICHT?

A. Zuid-Korea
B. Verenigde Staten
C. Zweden
D. China

3. VAN WIE WAS DE TROUWJURK VAN DJAMILA CELINA EERST?

A. Beyoncé
B. Rihanna
C. Lady Gaga
D. Nicki Minaj

4. WELKE CABARATIER ZONG HET BEKENDE 'FLUITLIED'?

A. Bas Hoeflaak
B. Jandino Asporaat
C. Jochem Myjer
D. Henry van Loon

5. WAAR ZIJN NOUR & FATMA GEBOREN?

A. Marrakesh, Marokko
B. Den Haag, Nederland
C. Antwerpen, België
D. Tunis, Tunesië

6. WAT IS HET STERRENBEELD VAN CHARLI D'AMELIO?

A. Vissen
B. Stier
C. Ram
D. Leeuw

7. DUBAI IS EEN...

A. ...land
B. ...stad

8. AAN HOEVEEL TALENTENJACHTEN HEEFT ZIGGY MEEGEDAAN?

☐

9. WAT IS HET EERSTE NUMMER DAT LADY GAGA UITBRACHT?

A. Poker Face
B. Bad Romance
C. Alejandro
D. Just Dance

10. WAT IS MITCHELLS (@OFFICIALSWAGGIE) BEROEP?

A. Verzorgende
B. Sociaal werker
C. Arts
D. Tandartsassistent

11. YARA DE SMEDT SPEELT IN DE VLAAMSE SERIE VLOGLAB. HOEVEEL SEIZOENEN HEEFT VLOGLAB?

☐

12. IN WELKE AMERIKAANSE STAAT IS ADDISON RAE GEBOREN?

A. Florida
B. Texas
C. Louisiana
D. Californië

13. WELKE RADIO-DJ SCHREEF DE RAP 'DYSCALCULIE' DIE BEGIN 2023 VIRAL GING OP TIKTOK?

A. Bram Krikke
B. Anoûl Hendriks
C. Bas Menting
D. Max Bolhuis

14. HOE LANG IS MEVROUWTJE BESTEKLA?

A. 1,59 meter
B. 1,76 meter
C. 1,81 meter
D. 1,72 meter

15. WAAR STAAT DE LANGSTE BRUG VAN EUROPA?

A. In Denemarken en Zweden: de Oresundbrug
B. In Rusland: de Presidentbrug
C. In Duitsland: de Transrapid-Versuchsanlage Emsland
D. In Portugal: de Vasco de Gama brug

16.
WAT IS LANI MANILA'S EERSTE NUMMER?

A. Cadera
B. Vitamina
C. Robotica
D. Pa pa pa

17.
WELKE TAAL WORDT IN BRAZILIË HET MEEST GESPROKEN?

A. Spaans
B. Frans
C. Portugees
D. Engels

18.
WAT ZEGT AMBER DOKTER VAAK IN HAAR SERIE 'WAT ALS AMBER...'?

A. 'Hallo lieve mensen en welkom bij een nieuwe aflevering van Wat als Amber!'
B. 'Dat gaan we uittesten.'
C. 'Zal ik dat uitproberen?'
D. 'Ben ik zelf eigenlijk ook wel benieuwd naar.'

20.
WELKE EUROPESE STAD HEEFT HET GROOTSTE TREINSTATION?

A. Berlijn: Berlin Hauptbahnhof
B. Parijs: Gare du Nord
C. Rome: Roma Termini
D. Madrid: Madrid Atocha

19.
IN WELKE SERIE SPEELDE ZENDAYA VROEGER?

A. Shake it Up
B. A.N.T. Farm
C. Sonny with a Chance
D. Austin & Ally

#picture perfect

1. Maak voor je gaat fotograferen je lens en de omgeving schoon met een microvezeldoekje.

2. Is de zon erg fel? Scherm de lens dan een beetje af door je hand erboven te houden. Dat zorgt ervoor dat je foto helder wordt! Gebruik 'zacht' licht (dus niet fel), bijvoorbeeld voor een groot raam.

3. Tip van fotografie-TikTokker **@andyyongfilms** voor perfecte portretten: zet je camera op *portrait*, zoom 3x in (door drie keer op het plusje te drukken) en loop naar achteren.

4. Ben je op vakantie in de **bergen**, bij een **waterval**, of bij **hoge gebouwen**? Zet je camera op **panorama-stand**, houd je telefoon horizontaal en volg de pijl op je camera, langzaam!

5. Zet het raster van je camera aan. Op een **iPhone kan dit in Instellingen > Camera > Raster.** Met **Android ga je naar Camera > Instellingen > Selecteer hulplijnen**. Zorg ervoor dat de ogen van je model in lijn zijn met de eerste lijn van boven. Maak je een foto van de horizon? Dan kun je met het raster controleren of de foto wel recht is!

Golden hour

Een **uur na zonsopgang** en een **uur voor zonsondergang** is het *golden hour*. Dit zijn perfecte momenten om mooie foto's in natuurlijk licht te maken.

6. Wil je een spontane foto van iemand maken of een mooie foto van iets wat beweegt? Gebruik dan '**burst**'.

Selfietips

- Neem je selfie van bovenaf om een onderkin te voorkomen.
- Neem je de selfie van onderaf, dan lijkt je voorhoofd juist kleiner.
- Voor een fotogenieke look, ga je met je gezicht iets dichter naar de lens. Je steekt je nek als het ware uit richting de camera.
- Gebruik voor de tip van **@yk** juist niet je selfiecamera. Zet je camera op 'brede stand' (16:9), zet de flits aan en zet een timer. Richt de camera op jezelf en beweeg snel van links naar rechts. Dit zorgt ervoor dat de achtergrond vervaagt!
- Wil je echt opvallen met bijzondere selfies? Volg dan **@nordic_scott** en doe… wat hij doet.

Wat is jouw 'goede kant'?

Houd een A4-tje voor de linkerkant van je gezicht. Maak een foto. Doe dat nog eens, maar nu met het papiertje voor de rechterkant van je gezicht. Kijk nu welke foto je het mooist vindt. Is dat de tweede foto? Dan is links jouw goede kant.

Volg @lookgoodinphotos voor meer tips!

Poseren kun je leren!

- Beweeg de hele tijd. Zorg er wel voor dat de bewegingen klein zijn en doe ze niet té snel achter elkaar. Anders kan de fotograaf ze niet 'vangen'.
- **@lilliejanetyler** tipt om te doen alsof er een heleboel camera's om je heen zijn. Draai naar een zogenaamde camera toe en poseer.
- Weet je niet wat je met je handen moet doen? Gebruik je kleren! Doe één hand in je broekzak en laat de ander ontspannen hangen. Haak je vingers achter de riemlusjes van je broek of rokje. Doe alsof je je kraag fikst. Doe een hoed op en pak 'm beet. Je kunt ook nog iets met je haar doen. Je kunt het zo gek niet bedenken…
- Spring! Jaja, het klinkt misschien gek, maar deze pose is een klassieker in de wereld van fotografie. Burst modus is hierbij je beste vriend!
- Je kunt ook een video maken in plaats van een foto, dan maak je gewoon een screenshot van het mooiste moment.
- Moeite om vanuit het niets een oprechte glimlach te creëren? Probeer eens hardop nep te lachen. Hoe lang duurt het voor jouw echte lach tevoorschijn komt? Dat is het perfecte moment om een foto te nemen.

thank you for the Music!

TikTok: @fayvriens

TIKTOK-DUET

Het nummer ***Ladada*** van de Nederlandse zanger Claude heeft maandenlang in de top 40 gestaan. Heb jij het verrassende duet met Fay op TikTok al gezien?

Instagram: @maan.de.st

torteLduifjes

Maan en Karel van Goldband zijn een setje! Ze leerden elkaar beter kennen tijdens het maken van de hit 'Stiekem' en vonden elkaar eigenlijk wel heel erg leuk.

UPCOMING!

Zoë Tauran deed in 2014 mee aan Holland's Got Talent met de meidengroep TP4Y (Too Pretty 4 You). Dit jaar kreeg ze voor haar muziek als solo-artiest twee gouden platen en zelfs een platina plaat!

Miley vs. Liam

Het nummer *Flowers* van Miley Cyrus was na zeven dagen al **96.032.624** keer afgespeeld op Spotify. De hit kwam uit op 13 januari 2023. 'Toevallig' de verjaardag van Mileys ex Liam Hemsworth. De lyrics zijn geïnspireerd op *When I Was Your Man* van Bruno Mars. Miley draait de tekst om: ik red me prima zo en heb eigenlijk niemand nodig. Een geheime boodschap voor Liam..?

Instagram: @suzanenfreek

Suzan & Freek

Dit jaar bracht popkoppel Suzan & Freek het nummer 'Slapeloosheid' uit. Het nummer is al meer dan 10 miljoen keer beluisterd,een gouden plaat waard dus!

VAN TIKTOKKERS

SUIKERSPIN - Ziggy Krassenberg ft. Celester de Nijs

Robotica - Lani Manila ft. Riverali

Pe Pe Pe - Vonneke Bonneke ft. Saaff

Rich - Djamila Celina

There With You - Anique

Kinda Wanna - MAXINE

Instagram: @lanimanila

Instagram: @musicbyanique

Instagram: @nickyyoure

DE ROL VAN TIKTOK IN DE MUZIEKWERELD

Voor artiesten is TikTok het belangrijkste middel geworden om hun muziek populair te maken. Sommige artiesten passen hun muziek zelfs speciaal aan in de hoop dat het een hit wordt via TikTok!

Sunroof - Nicky Youre & dazy

L$d - Luclover

As It Was - Harry Styles

abcdefu - GAYLE

My Name Is - D Billions

About Damn Time - Lizzo

Escapism. - RAYE ft. 070 Shake

SNAP - Rosa Linn

Anti-Hero - Taylor Swift

golden hour - JVKE

Instagram: @lizzobeeating

Instagram: @taylorswift

Instagram: @partynextdoor

Instagram: @meghantrainor

trending dansjes

Made You Look - Meghan Trainor

Bad Hair Day - Kiwi Kidsongs

Her Way – PARTYNEXTDOOR

TikTok: @ashleyguijt

bassie & Adriaan

In een interview met NPO vertelde Mart Hoogkamer dat hij het nummer 'In Spanje' van Bassie en Adriaan opnieuw zou willen uitbrengen. Vervolgens kreeg hij toestemming van zijn platenbaas om dat écht te doen. Daarmee kwam 'ie ook nog eens in de top 40!

Instagram: @dixiedameli

dixie d'Amelio

Wist je dat Dixie D'Amelio de stem van een engel heeft? In 2020 kwam haar track 'Be Happy' uit. En die werd een echte hit!

In 2022 werd dit nummer gebruikt als protestlied in Oekraïne en Iran.

ORANJE BOVEN

Dit nummer is internationaal ook een hit!

Veel vaker dan vroeger worden Nederlandse nummers hits!

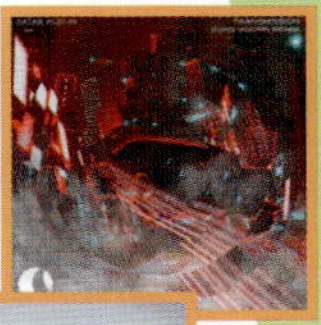

Ladada
Claude

Stiekem
Maan ft. Goldband

Paracetamollen
FLEMMING

Therapie
Zoë Tauran

Slapeloosheid
Suzan & Freek

Wat Wil Je Van Mij
Metejoor & Hannah Mae

Transmission - Joris Voorn Remix
Eelke Kleijn

5 Voor 12
Snelle

Noodgeval
Goldband

oude nummers gaan viral

Zou bisou bisou (1963) - Gillian Hills

Running Up That Hill (1985) - Kate Bush

Rasputin (1978) - Boney M.

Another Love (2012) - Tom Odell

Ginseng Strip 2002 (2013) - Yung Lean

1001 Arabian Nights (2005) - CH!PZ

EMOJI REBUS

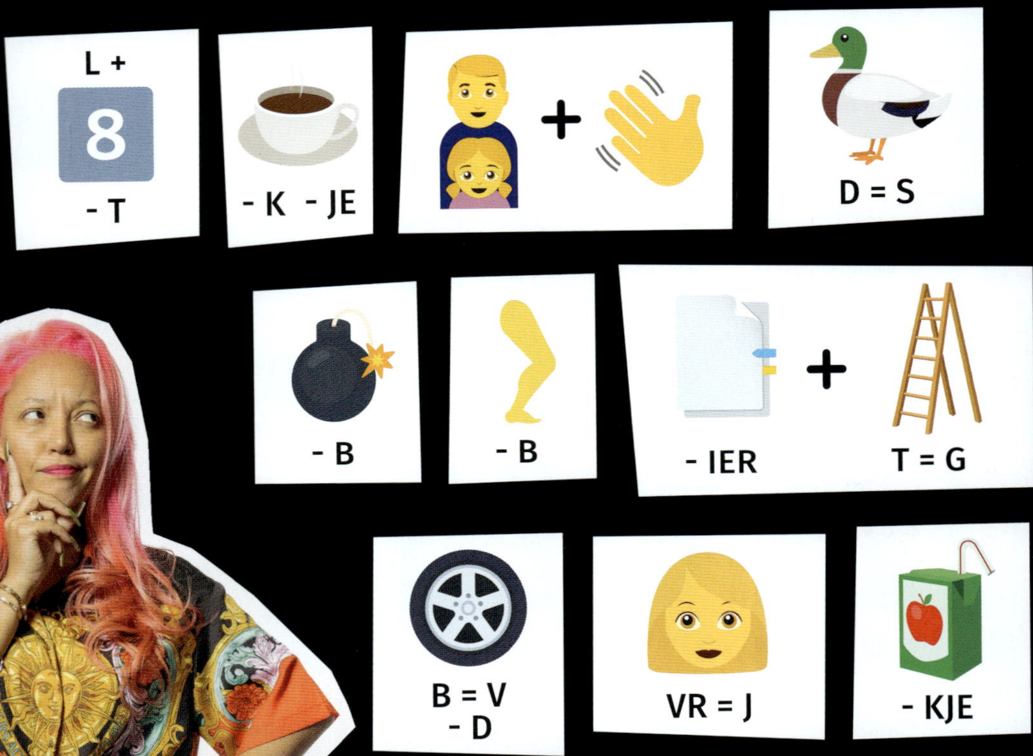

Amber dokter

"Leef in het moment"

Get to know me

IK HEET: Amber Dokter
OP TIKTOK VIND JE ME ZO: @amberdokter
GEBOREN: 31 oktober 2001
IK MAAK: Grappige video's, zoals sketches
DIT IS MIJN PASSIE: Content maken

Op deze **TikTok** ben ik trots:

"Ik heb de luxe dat ik niet veel haat krijg"

inspiratie

"Ik haal mijn inspiratie vaak uit films en series. Daar is mijn hele TikTok-carrière ook eigenlijk mee begonnen. En ook uit dagelijkse situaties zoals kleine discussies en grappige momenten waarvan ik denk dat andere mensen het herkennen."

presenteren

"Het is heel bijzonder dat ik van TikTok mijn werk heb kunnen maken. Daardoor heb ik al mooie dingen mogen doen. Ik was presentator op de TikTok van Amazon en livestream host bij Giro 555."

quincy & thecla

"Halverwege 2020 kwam ik in een WhatsApp-groep terecht met Quincy Voorhout en Thecla – mevrouwtjebestekla. We hadden toen allemaal nog kleine accounts en gingen met elkaar videobellen. Door de gezamenlijke interesse is het balletje gaan rollen en nu zijn we heel goed bevriend."

Mijn hobby

"Ik hou heel erg van spelletjes! Zo speel ik padel en tennis, maar denk ook aan andere spelletjes, zoals bordspellen en kaartspellen. Zodra er iets te winnen valt, heb je mijn aandacht."

“Ik zou graag vloeiend Spaans willen spreken, want mijn moeder is van Spaanse komaf!”

Wat ik vroeger wilde worden

“Dierenarts, striptekenaar en brandweervrouw.”

Lievelingsfilm

“De Aristokatten en Coco.”

I wish...

“Dat ik iets voor tv mag doen of in een film mag spelen.”

Bang voor

“Kleine ruimtes zoals tussen rotsen en in pijpen.”

Dagje op stap met?

“Harry Styles.”

Ik word vrolijk van...

“Mijn huisdieren, vrienden, familie en spontane dingen doen.”

Keuzestress

Vrienden of familie?
Halloween of carnaval?
Vette burger of salade?
Bellen of appen?
Optimist of pessimist?
Grappig of slim?
Lange of korte nagels?
Pepsi of Coca Cola?
Sporten of serie kijken?
Ochtend of avond?
Snelle of Suzan & Freek?
Waterijs of roomijs?
Blush of bronzer?
Achtbaan of ziplinen?
Slechte adem of zweetgeur?

“Ik ben écht niet van de Nederlandse muziek”

Jonge knaap, je mag hier niet vissen!
Ik ben niet aan het vissen, agent. Ik leer mijn worm Manfred zwemmen!
Jaja, dat zeggen ze allemaal.
Teken Ricks worm 'Manfred' in het denkwolkje.
Nee, echt! Ik heb deze worm al sinds zijn geboorte. Ik leer hem zwemmen. Sinds het pierenbadje is dit zijn eerste keer in open water.
En hoe verklaar je die vis dan die aan je lijn hangt?
Dat is dan €150,- boete!
NEEEEE, MANFRED!!
Slurp

Dylan Haegens
STRIPBOEK 3
VANAF SEPTEMBER 2023
VERKRIJGBAAR IN ELKE
(ONLINE) BOEKHANDEL!
€9,99 | 64 PAGINA'S

Marit jarig
& oud!
Lang zal ze leven,
lang zal ze leven!
Heb ik een wandelende,
zingende doos uitgenodigd?
Wow!
Gisteren nog
een jonge roos, vandaag alweer
een oude doos! Gefeliciteerd Marit.
O Teun,
jij bent het!
Tadaaaa!
Een cadeau voor de jarige.
Precies wat je gevraagd had.
Teun, ik had
gevraagd om een TUINSET.
Niet om een Teunset...

CHALLENGE time

Ga jij de uitdaging aan?

VERBODEN TE LACHEN

1... 2... Pokerface. Laat elkaar grappige TikToks zien. Degene die het eerst om het filmpje van de ander lacht, verliest.

AMBER

"Ik daag je uit om een gekke video te maken in een openbare ruimte. Gewoon doen en lak hebben aan wat mensen ervan vinden."

ZIGGY

"Probeer in 1 minuut een hele suikerspin op te eten."

NOUR

"Doe de tortilla challenge! Pak allemaal een tortilla (of wrap) en neem een slok water in je mond. Speel steen, papier, schaar. De winnaar mag de ander in het gezicht slaan met de tortilla. Het belangrijkste is: probeer het water in je mond te houden!"

HANDDOEK CHALLENGE

Voor deze puzzel heb je twee personen en twee handdoeken nodig. Steek de handdoeken door elkaar zodat je vast komt te zitten. Komen jullie er samen uit zonder de handdoeken los te laten?

Foto's: TikTok: @vorostwins, @noahaltink

#WHOSTYLEDITBETTER?

Fashion battle! Kies een kledingstuk uit en style er een outfit omheen. Maak een foto en kleed je weer terug om zodat de ander het niet ziet. Nu kan de volgende met hetzelfde item een outfit samenstellen en zo verder. Welke outfit is het best?

FATMA

"Bedenk zelf een dansje op een trendy liedje. Wie weet gaat het wel viral!"

YARA

"Doe de Chubby Bunny Challenge!"

7 SECONDEN CHALLENGE

Noem 5 Disney-films, spel je naam achterstevoren of zing een liedje van Harry Styles! Schrijf zoveel mogelijk leuke opdrachten op een papiertje. Doe de opdrachten in een bak. Grabbel om de beurt en probeer de opdracht binnen 7 seconden te doen.

SLAGROOM CHALLENGE

Spuit een toef slagroom op de bovenkant van je hand. Wip de toef de lucht in door op je arm te slaan en probeer de slagroom met je mond te vangen.

NONOGRAM = YESYESGRAM

Dit is een mini-nonogram.

			1	1		1
		5	2	2	1	1
	1					
3	1					
	1					
3	1					
	4					

Stap 1.

Begin bij het grootste getal.

			1	1		1
		5	2	2	1	1
	1	■				
3	1	■				
	1	■				
3	1	■				
	4	■				

			1	1		1
		5	2	2	1	1
	1	■	O	O	O	O
3	1	■				
	1	■	O	O	O	O
3	1	■				
	4	■				

Stap 2.

Is er nu een rij of kolom compleet? Dan kun je de vakjes die je NIET mag inkleuren, markeren. Tussen 2 'losse cijfers' moet altijd een 'spatie': staat er een '1' en een '2', dan kleur je dus niet aansluitend 3 vakjes in.

Stap 3.

Ga door tot je alle vakjes hebt ingekleurd!

			1	1		1
		5	2	2	1	1
	1	■	O	O	O	O
3	1	■				
	1	■	O	O	O	O
3	1	■				
	4	■	■	■	■	O

Nu jij!

																		1	
					1	2												1	
					2	3				2			5					4	3
					2	4	3	8	7	4	3	8	1	5			2	2	3
					1	1	5	1	1	1	6	3	4	9	13	5	4	1	3
			1	2															
		2	3	2															
		5	1	1															
		2	6	3															
				11															
		4	1	2															
		3	2	5															
				12															
			6	6															
			6	6															
				10															
		4	5	1															
		3	4	2															
			3	1															
	2	3	2	2															

Ziggy

"Het begint bij jezelf"

Get to know me

IK HEET: Ziggy Krassenberg
OP TIKTOK VIND JE ME ZO: @ziggykrassenberg
GEBOREN: 25 mei 2001
IK MAAK: Zang- en entertainmentvideo's
DIT IS MIJN PASSIE: Zingen

Op deze TikTok ben ik trots:

"Ik zou heel graag ooit een huisje willen kopen op Curaçao"

Idols

"Ik heb altijd al artiest willen worden. *Idols* was de eerste show waaraan ik meedeed. Ik kreeg vier ja's en mocht mee naar Curaçao. Uiteindelijk werd ik 7e. Dat blijft zo bijzonder."

Haters

"Ik krijg veel haat, maar zolang je van jezelf kunt houden, kun je de hele wereld aan. En ondanks dat heb ik mooie kansen gekregen: optredens voor 10.000 man, mijn doorbraak in België en ik heb heel veel leuke mensen leren kennen."

Suikerspin

"Het meest trots ben ik op mijn single 'Suikerspin'. Ik heb daar miljoenen views en een gouden plaat mee gehaald. Ik zou ook altijd mijn haar in de suikerspinkleuren willen hebben!"

Advies

"Er zijn twee tips die ik aan iedereen zou willen meegeven. Blijf altijd dromen. Zelfs als mensen zeggen dat het je niet gaat lukken: blijf doorgaan. 'Nee' is geen antwoord. En durf anders te zijn en van jezelf te houden op de momenten dat dat het meest nodig is."

"Als de zon schijnt, ben ik vrolijk, want dan kan ik dingen gaan doen"

Liedje opnemen met...

"Tabitha en Ariana Grande."

Jeugdfilm

"Alvin and the Chipmunks."

Taal?

"Koreaans. Ik hou namelijk enorm van Korean Pop."

Greatest singer of all time?

"Beyoncé of Whitney Houston."

Kies je superkracht...

"Toveren! Dan kan ik meer voor mezelf toveren, zoals nog meer superkrachten."

Bad habit

"Ik. Ben. Echt. Geen. Ochtendmens."

Keuzestress

Zwart-wit of kleurrijk?

Lippenstift of nagellak?

Ontbijt of lunch?

Weerwolven of vampieren?

Julia, Marthe of Hanne?

"Zij is er heel erg voor mij geweest tijdens K2 zoekt K3. En ook daarna nog heeft ze mij lieve berichtjes gestuurd."

Sokken of blote voeten?

Contant of pinnen?

Nooit meer een 'bad hair day' of een perfect gebit?

Liever blind of doof?

Afwassen of afdrogen?

Aardbei of meloen?

Suikerspin of popcorn?

Slippers of crocs?

Zomer of winter?

Zingen of dansen?

LOST AND FOUND

'Zin in een potje zoeken? We hebben je gewaarschuwd: ze zijn pittig!'

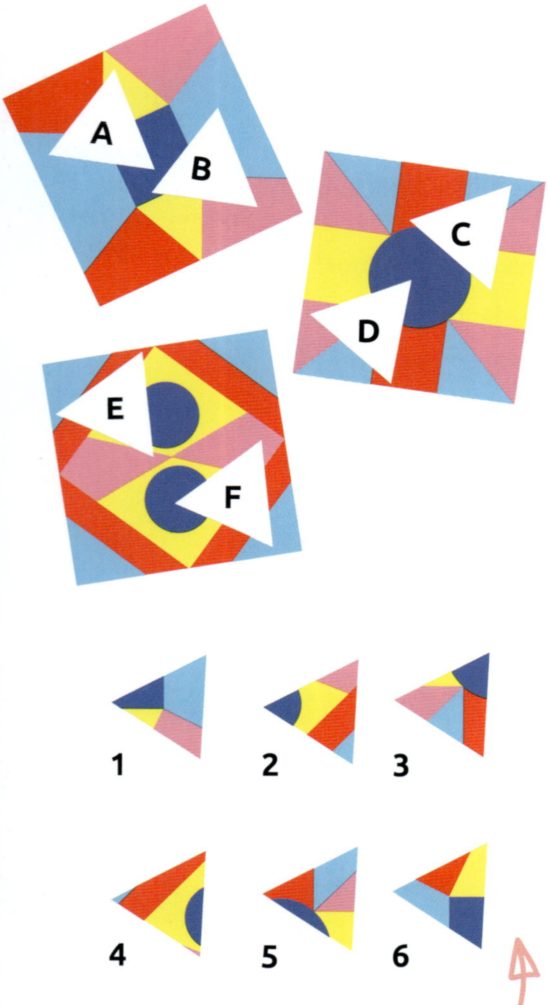

Welk stukje hoort waar?

Zoek de 12 versssschillen

Breng Lani naar de dansvloer

Alles gehusseld

Kun jij onderstaande tekst lezen?

Je hserneen zjin heel bdijezonr. Al saatn de lterets (blvaehe de ertese en ltsatae) op de vkererdee pelk; je knut het pmria lzeen! Dt gldt k vr smmge tkstn zndr klnkrs. Dt s tch gk?

Hoeveel van deze plaatjes kun je vinden?

Een aantal van de plaatjes in de rechterkolom zie je ook links. Kun jij ze vinden?

LEER HET VAN DE BESTEN

ZÓ MAAK JE DE VETSTE TIKTOKS!

Wil je graag TikToks gaan maken, maar weet je niet goed hoe je het moet aanpakken? Hier vind je een aantal tips van TikTokkers om je een beetje op weg te helpen.

WAT HEB JE NODIG?

- Jezelf!
- Een telefoon
- De app TikTok natuurlijk
- Een statief of TikTok-stick
- Daglicht of een ringlight

Hoe ga je viral?

"Door heel gek te doen op een video! Ik ben van mening dat de gekste video's viral gaan."

"Dat kun je zelf niet beïnvloeden. TikTok kiest zelf wie viral gaat."

Hoe word je succesvol op tiktok?

"Blijf consistent doorgaan! Ook al heb je geen views: blijf plaatsen en gebruik goede hashtags en trending sounds. En het belangrijkste is dat je vooral heel veel plezier hebt in het maken van video's!"

"Wees origineel en wees jezelf. Volg de trends, maar geef er wel een unieke draai aan."

"Zorg voor goed licht, natuurlijk licht is het beste. Wees vooral jezelf, probeer trends te volgen, maar doe het niet geforceerd."

Knoop in je oren

“Let op je taalgebruik en op dingen die je wel en niet kunt laten zien. Houd rekening met andere mensen, normen en waarden en dingen als geloof.”

Wat is het beste moment om een TikTok op te nemen én te plaatsen?

“Dat ligt aan het seizoen en het licht. Rond een uurtje of 2 is het daglicht optimaal. Tip: installeer een widget op je telefoon zodat je kunt zien wanneer het licht piekt.”

“Na schooltijd is de beste tijd om een TikTok te posten. Rond 18:00 uur is eigenlijk perfect.”

knoop in je oren

"Het is altijd goed om in je onderschrift een vraag te stellen. Dan krijg je namelijk extra reacties op je video. Daarnaast is het belangrijk een leuke of grappige thumbnail te gebruiken. Ik zet er op de thumbnail vaak bij wat voor soort video het is, bijvoorbeeld een 5-minute-craftsvideo."

wat is de beste setting voor een tiktok?

"Neem je TikTok op in natuurlijk licht. Het liefst buiten. Neem je het wel binnen op? Doe dat dan dichtbij een raam."

"Zorg voor een egale en rustige achtergrond. Goed licht is ook belangrijk, maar het moet niet te fel zijn. Ik neem mijn video's vaak buiten op, onder een afdak."

"Het is belangrijk dat je voor een rustige achtergrond kiest, maar wel iets vrolijks. En kies vooral een plek die bij jou past. Dat kan bijvoorbeeld een boekenkast zijn, maar bij mij is dat een suikerspinwereld."

"Ga niet filmen waar iemand aan het boren is. Licht is belangrijk, maar geluid zeker ook!"

tiktoks geheimen

"TikTok pakt veel van je data. Soms zie je dingen in je zoekbalk die je eerder Googlede of zelfs waarover je alleen maar praatte."

"De content op TikTok verandert continu: vroeger was dansen heel populair, maar dansvideo's zullen nu niet snel viral gaan. Als TikTok merkt dat je telkens relatable video's post en die gaan goed, dan zullen die meer geboost worden dan als je plots een dansvideo plaatst."

MUSEA SAAI?
NIET VOOR JE TIKTOKS!

Heb je in alle hoeken van je kamer al een TikTok opgenomen en buiten ook elk plekje gezien? In deze musea worden jouw video's helemaal 'TikTok-waardig'.

Instagram: @wondr.experience

WONDR EXPERIENCE
AMSTERDAM

ZIGGY
"Alsof je in een snoepwinkel loopt. In de zomer heb je buiten een Pink Beach en dan is echt alles roze. Ga hier zeker heen!"

LANI
"Ik wil echt nog een keer naar de rollerskatehal hier!"

DJAMILA
"Ik heb hier de videoclip van 'Rich Girl' opgenomen. Ze hadden een hele grote kluis met allerlei goudstaven en je kon met geld strooien. Alsof ik echt een *rich girl* was!"

Instagram: @mocomuseum

Het gebouw zelf is al een plaatje!

MOCO MUSEUM
AMSTERDAM

Moco staat in het teken van nieuwe moderne kunst. Dus gemaakt door kunstenaars van nu. Dit levert nét even wat andere beelden op dan kunst in een ander museum. Moco heeft kleurrijke kamers, maar ook mooie kunstwerken die je nog nooit eerder zag! Wat het weer ook doet, neem zeker ook even een kijkje buiten!

WIST JE DAT HET MOCO MUSEUM OOK IN BARCELONA TE BEZOEKEN IS?

Instagram: @mseumvoorlinden

MUSEUM VOORLINDEN
WASSENAAR

Bijzondere kunstwerken waar je onderdeel van kunt zijn. Door de verschillende exposities is er veel variatie. Uitgekeken in het museum? Geen probleem, want rondom het museum bevindt zich prachtige natuur waar jij je ook kunt uitleven met je TikToks.

THE UPSIDE DOWN MUSEUM

AMSTERDAM

Dit is het grootste interactieve Instagrammuseum van heel Europa,. En het is opgericht door influencer Anna Nooshin! Sta 'ondersteboven' in de metro of stap aan boord van je eigen *private jet*. Kies je favo kamers en opnemen maar.

Instagram: @annanooshin

MITCHELL

"Upside Down staat zeker op mijn bucketlist!"

Instagram: @upsidedownamsterdam

Instagram: @youseum

YOUSEUM

AMSTERDAM

De naam zegt het al: alles staat in het teken van 'jou'! Dus zet je telefoon neer en druk op rec. Schommel boven een ballenbak en dans voor de meest felle achtergronden. Of verras je volgers met illusies in de zwart-witte kamer. *The floor is yours!*

AMBER

"Mijn tip: de spiegelkamer of de ruimte met allemaal wasmachines."

SMILE SAFARI

BELGIË

Hier snappen ze het; er zijn kleedkamers zodat je makkelijk tussendoor van outfit kunt wisselen!

YARA

"Ze veranderen elke paar maanden de achtergronden. Hierdoor zijn je TikToks altijd origineel en uniek."

Instagram: @thesmilesafari

#hacks
The party edition

ballonnen in ballonnen

Upgrade je feestversiering door Bobo-ballonnen te vullen met normale ballonnen. Kijk hoe deze TikTokker dat doet!

zo geknoopt

@youneedtopartyup heeft handige tips voor een feestje. Zoals deze makkelijke manier om je ballon vast te knopen.

be cool

Zo blijven je drankjes lekker koud zonder zeiknat te worden. En het ziet er ook nog eens supervrolijk uit!

unieke traktatie

Geef een leuk aandenken aan je verjaardagsfeestje aan al je gasten! Koop bijvoorbeeld glazen potten en leuke figuurtjes om op de dekseltjes te plakken. Vul ze met snoep en niemand zal jouw feestje nog vergeten.

#foodhacks

tosti-fans opgelet!

@megansbubble laat zien dat jouw broodrooster een laatje heeft dat de kruimels opvangt. En waarom je die regelmatig moet legen...

ideaal! heb jij dit ooit bedacht?

waarom doen we dit al die tijd al verkeerd?!

Je kunt het vergiet ook in de pan met gekookte pasta doen en alleen het water uit de pan laten lopen.

piece of cake!

Doet het bakpapier nooit wat jij wil? Als je het eerst om de buitenkant van je vorm vouwt en daarna in de vorm doet, zit het in één keer goed!

een beetje valsspelen

Heb je vaak ruzie met die 'handige' lipjes op sausflessen? Druk met de binnenkant van de dop een gaatje in het lipje.

MUST FOLLOW: Lekker Loeren in NL

Stop met eindeloos scrollen om nieuwe accounts te spotten. Check eerst deze volgtips van TikTokkers.

Instagram: @akaluuk

@AKALUUK

In 2018 won Luuk van Leeuwen de landelijke finale van *Kunstbende Festival* met zijn eigen film, maar je kon hem ooit ook op tv zien in *SpangaS*, *Het Klokhuis* of *GTST*. Op TikTok is hij vooral ontzettend grappig in zijn video's.

Instagram: @steffi_mercie

@STEFFIMERCIEEEE

"Ze is heel positief en eerlijk naar haar volgers. En ze maakt heel veel leuke content."

Instagram: @kp_active

@Myronkoops

Personal trainer, atleet en content creator Myron neemt je in haar TikToks mee in haar dagelijkse leven. En daar zie je natuurlijk ook vaak haar vriend Enzo Knol in voorbijkomen!

@MAAIKE VANHOUTEN

Krijg je geen genoeg van woordgrappen? Dan laat Maaike je ongetwijfeld lachen! Ze werkt in het ziekenhuis en filmt hoe ze haar collega's in de maling neemt met haar flauwe grappen.

Instagram: @maaikevanhouten

Instagram: @pietervalley

@PIETERVALLEY

Zeg je Juf Ellen, dan zeg je Pieter Valley. Herkenbare situaties, het spot-on imiteren van filmsènes en andere typetjes, wie kent hem niet? Hij heeft niet voor niets een keer de award voor Beste TikTokker gewonnen!

@ALESSIO_DE_MARTINO

La Vida Loca! Alessio wordt steeds populairder met zijn muziek. Maar hij acteerde ook in H3L en Brugklas én is model. En op zijn TikTok krijg je niet alleen sneak previews van nieuwe nummers, maar zie je ook een beetje van het artiestenleven voorbijkomen.

Laura wil je het gevoel geven dat je online een beste vriendin of grote zus hebt. Bij haar mag je alles zeggen (maar niet oordelen!). En zelf geeft ze ook haar ongezouten mening over de dagelijkse dingen in haar leven.

Instagram: @laudehoog

@LAUDEHOOG

@ESMEEJOANNA

Sketches, parodieën, beauty, fashion, lifestyle. Esmee Joanna kan het allemaal!

@Levivdb1

Levi's gezichtsuitdrukkingen én lichaamstaal kloppen helemaal met wat hij zegt. De comments onder zijn TikToks staan vol met lachende achende emoji's. Elke TikTok weer! Dat zegt genoeg, toch?

@QUINCYVOORHOUT

Quincy kun je niet alleen herkennen van de film *100% Coco New York* of het tv-programma *Een jaar van je leven*, maar ook van zijn grappige Rotterdamse TikToks. En dan vooral zijn reeks 'normale moeders versus Rotterdamse moeders'.

Instagram: @jadeanna

@JADEANNA

YouTuber en influencer Jade wordt steeds populairder. Ze is mooi en heeft stijl. Dus voor make-up- of fashioninspiratie moet je zeker bij haar zijn. Of natuurlijk om gewoon een kijkje te nemen in haar luxe leven, want dat zouden we allemaal wel willen, toch?

@SLAPENMET FLEUR

Fleur slaapwandelt bijna iedere nacht en daar kun je om lachen of van schrikken. Ze legt vast hoe ze plotseling rechtop in bed zit en bijvoorbeeld de longen uit haar lijf schreeuwt.

@S4MKROON

Sam was eenn van de Nederlandse virals in 2022. Als je zegt: 'Hey, Marco!', antwoordt zelfs een onbekende met 'Prima!'.

Instagram: @s4mkroon

Instagram: @ thethinkfluencer

@thethinkfluencer

Roderick deelt weetjes en raadsels op TikTok. Dus ben je nieuwsgierig waarom een klok 12 uren en 60 minuten heeft of waarom wij Rotterdam 010 noemen? Check The Thinkfluencer.

16

1. Om klokslag één uur.
(De mensen stapten één voor één, 12:59 dus, de bus in.)

2. Maak een 4 van het eerste plusje, nu staat er: 545 + 5 = 550; dat klopt!

3. De ambulance blust geen branden, dat doet de brandweer!

4. Een brug.

5. Die schaakt tegen Charli.

6.

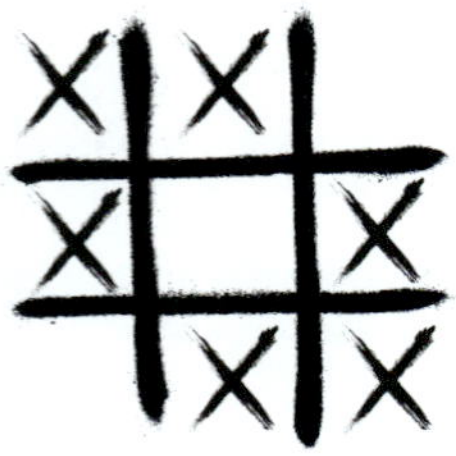

7. Een geheim.

8. 'koe met 13 letters'.

9. Een schildersezel!

10. Een fles.

11. Een dwarsfluit!

54

1.

2.

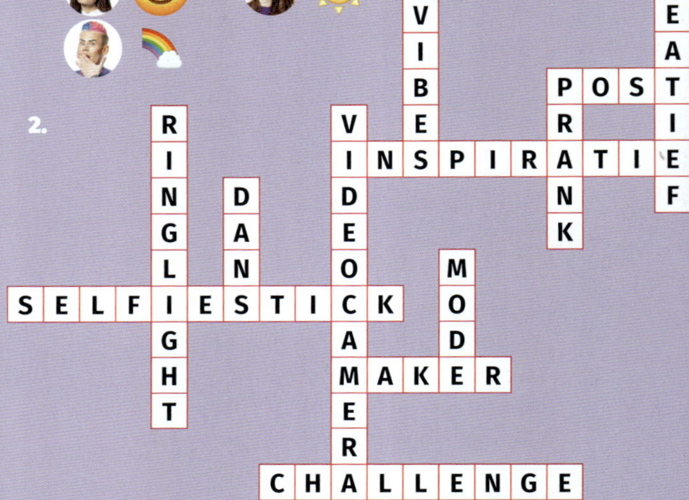

3. 25 blokken

4.

24

Spanje

70

Lach op Vaderdag eens om een pap-grap van jouw pa!

60

1. B	**8.** 4	**15.** D
2. D	**9.** D	**16.** C
3. A	**10.** A	**17.** C
4. A	**11.** 9	**18.** D
5. C	**12.** C	**19.** A
6. B	**13.** D	**20.** A
7. B	**14.** B	

78

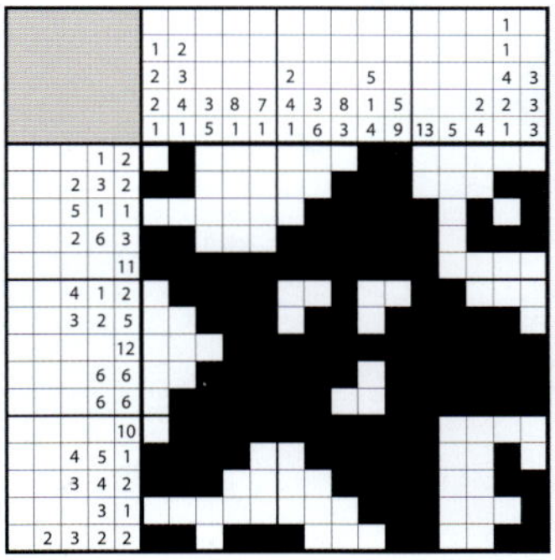

82

1.

1. B
2. F
3. D
4. E
5. C
6. A

2.

3.

4. Je hersenen zijn heel bijzonder. Al staan de letters (behalve de eerste en laatste) op de verkeerde plek; je kunt het prima lezen! Dat geldt ook voor sommige teksten zonder klinkers. Dat is toch gek?

5.

COLOFON

ISBN: 9789085678052

Uitgeverij: **FC Klap** - Redactie: **Susan Bondt, Merel de Klerk, Jip Mendes** - Eindredactie: **Daniëlle Hartemink** - Vormgeving: **Dana Bos, Mirjam Helder, Natalie Moorelisse** - Coverfoto: **Roland J. Reinders, Instagram: @billieeilish, @mrbeast, Shutterstock: Ariana Grande, Charli D'Amelio** - Fotografie: **Roland J. Reinders** - Beeld: **Shutterstock, Instagram, TikTok, e.a.** - Met speciale dank aan: **Paulo Lopes, alle 9 TikTokkers.**

Eerste druk: juni 2023

every vacation has a story

What will be yours?